La cama grande de Sofía

TINA BURKE

Kane/Miller
BOOK PUBLISHERS

A Sofía le encanta su cuna.

Tiene una frazada calientita
con unos dibujos de bananas y
una almohada esponjosa
en forma de una estrella.

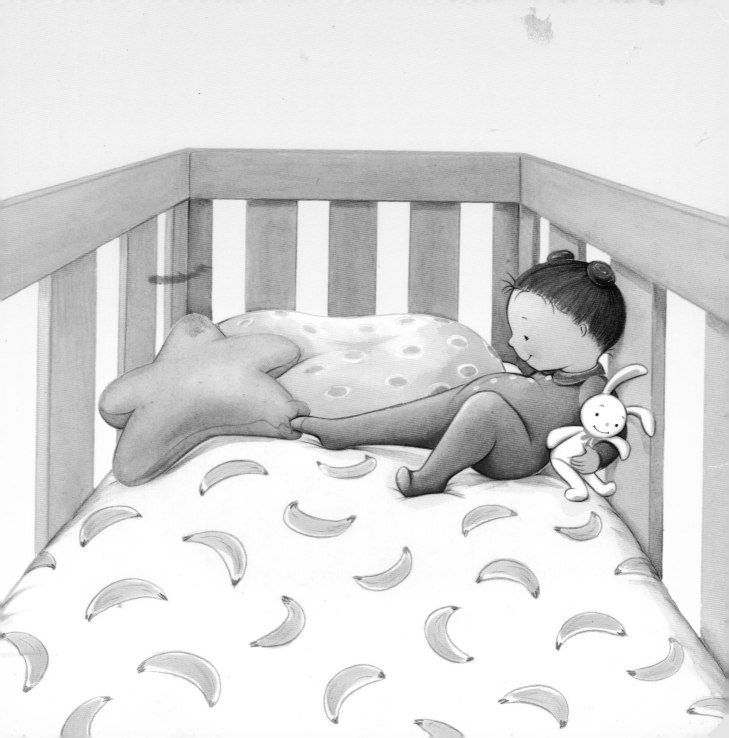

Pero ahora tiene una cama nueva.

Una cama grande.

Una cama
muy grande.

Sofía iba a
dormir ahí
esa noche,

pero Conejito se preocupaba de que iría a perderse debajo de todas las sábanas.

Entonces no lo hicieron.

Sofía iba a
dormir ahí
la próxima noche,

pero Osito
se preocupaba de
que podría caerse.

Entonces no lo hicieron.

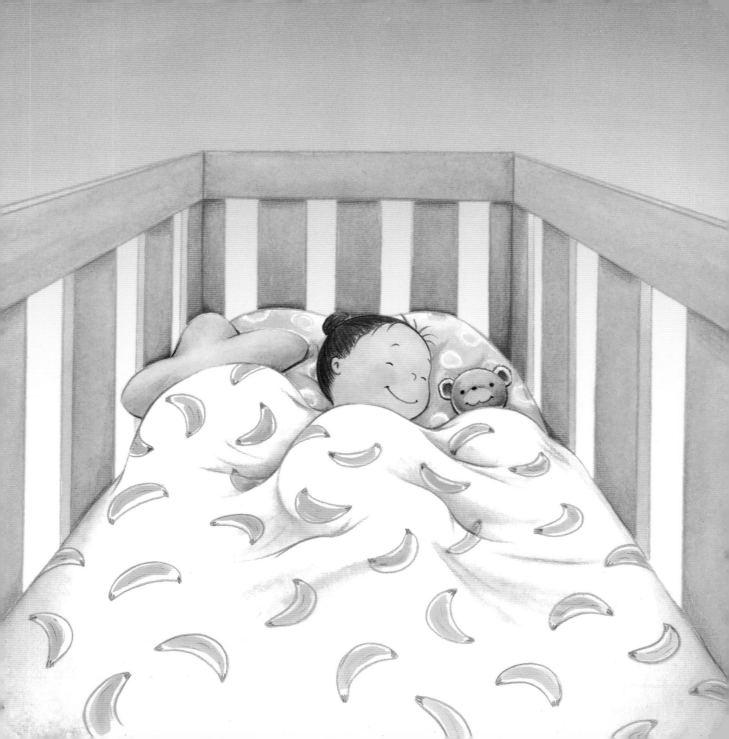

Sofía iba a
dormir ahí
la siguiente noche,

pero Scarlett pensó que tal vez la frazada con los dibujos de bananas era más calientita.

Entonces no lo hicieron.

La próxima noche,
Sofía se sentó con
Conejito, Osito y Scarlett
en la cama grande.

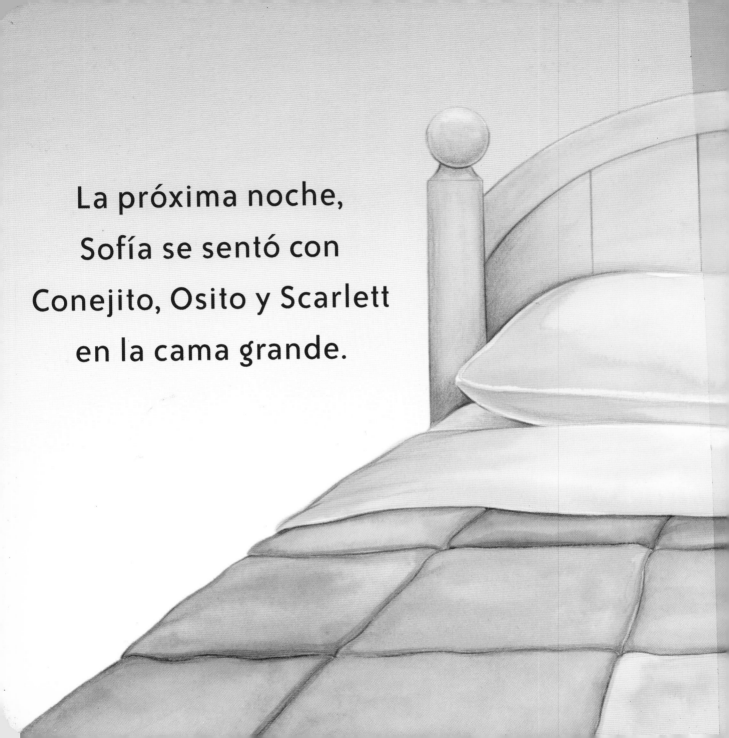

Era calurosa y calientita, y lo suficientemente grande para que todos entraran.

– Creo que todos van a querer dormir en esta cama grande – dijo Sofía.

Y entonces lo hicieron.